RECUEIL DE SONNETS EN BOUTS RIMEZ A LA GLOIRE DU ROY

PROPOSEZ EN DIFFERENS TEMPS pour des Prix considerables qui estoient des Médailles d'Or ou des Portraits de SA MAJESTE'.

DONNEZ

Par Monseigneur le DUC DE SAINT AIGNAN, Pair de France, Premier Gentil-homme de la Chambre de S. M. &c.

Monsieur DE VERTRON Historiographe de Sa Majesté de l'Academie Royale d'Arles.

Monsieur MIGNON, Maistre de la Musique de Nostre-Dame.

PROPOSEZ

Par Mr. .... Gentil-homme Flamand.

Et par Mr. QUINET, Libraire du Palais à Paris.

AU HAVRE DE GRACE.

Chez JACQUES GRUCHET Imprimeur & Libraire de Monseigneur le Duc de S. Aignan & de la Ville.

M. DC. LXXXVI.

AVEC PERMISSION ET APPROBATION.

L'IMPRIMEUR AU LECTEUR.

APRE'S la lecture des Piéces composées sur le Paralelle de Sa Majesté, qui fait tant de bruit dans la République des Lettres, pour surcroît de plaisir, je te donne un Recüeil de Sonnets en bouts rimez, c'est à dire ceux qui ont remporté les Prix, ceux qui les ont disputez, & méme ceux qui y aspirent, parce que tous les Prix ne sont pas encore distribüez vû la grande quantité de Sonnets; en attendant le jugement & la distribution, où je souhaite Amy Lecteur, que tu ayes la meilleure part, il est bon de te faire souvenir que Monseigneur LE DUC DE SAINT AIGNAN, à qui la Gloire de Sa Majesté est chere, & qui se distingue sur le Parnasse, comme dans les Champs de Mars, a le premier excité les beaux Esprits du Royaume à exercer leurs Veines Poëtiques, à la loüange de Nostre Auguste Monarque. Voicy donc ses bouts rimez, *Jupiter*, *Pharmacopole*, *Frater*, *Nicole*, *&c.*

A l'exemple de mon Illustre Gouverneur que

j'ose nommer mon Méçene, ayant l'honneur d'Imprimer avec sa permission les agreables productions de son Esprit, & celles des Muses Royalles dont il est le digne Protecteur, Monsieur MIGNON Maistre de la Musique de Nostre Dame, proposa ensuite d'autres bouts rimez, sçavoir, *Pan*, *Guenuche*, *Satan*, *Pluche*, *&c.*

Mr. QUINET Fameux Libraire du Palais, pour faire sa Cour à donné aussi trois differentes sortes de Rimes sur trois differens sujets, cependant tous à la Gloire de Sa Majesté que tu vertas dans les Pages 16. 17. & 18.

Et comme toutes les Nations publient la Grandeur de l'Invincible LOUIS, un Gentil-homme Flamand qui sçait parfaitement la langue Françoise a donné ces Rimes à remplir sur ce HEROS, *Escarlate*, *Bœuf*, *Mitridate*, *Neuf*, *&c.*

On ne sçait pas quelle est la Personne qui a proposé ces autres Rimes, *Chef*, *grogne*, *Nef*, *refrogne*, *&c.* Mais on sçait bien que Mademoiselle DE CHANCE mérite le Prix, pour avoir accordé si parfaitement la Rime avec la raison, dans une rencontre où l'une & l'autre paroissent si fort éloignées; cela fait voir la beauté de son Esprit, & la fécondité de sa Muse; & en effet, on verroit tous les jours de ses Productions si sa modestie ne les cachoit, méme aux yeux de ses plus chers Amis; c'est un malheur pour le Public, & particulierement pour les Imprimeurs.

Monsieur DE VERTRON, qui m'a fait naistre l'envie de faire ce Recüeil pour te réjoüir Amy Lecteur, est en méme tems Juge & Partie; il veut bien paroistre sans honte vaincu, & Vainqueur sans vanité. Ce Celebre Academicien, qui reçoit des Graces de Sa Majesté d'une main, & qui les répand de l'autre, pour engager les Muses à celebrer les Vertus & les Exploits de ce HEROS inimitable, m'a prié de t'avertir que le second Prix des Devises qui sera le Portrait de LOUIS LE GRAND, sera donné le jour de sa Feste.

A l'égard de Monseigneur LE DUC DE SAINT AIGNAN il auroit remporté tous les Prix, s'il eust voulu entrer en Lice avec les Muses combatantes; Mais son Grand Cœur qui répond à son Grand Génie, a souhaité que d'autres profitassent des Lauriers qu'Apollon luy eust donnez sans doute, & sans faveur. Ce Genereux Duc n'a donc fait les Sonnets qui sont sous son Nom, qu'aprés la distribution des Prix, & pour ne pas se taire pendant que le Parnasse François chantoit des Vers à l'honneur de LOUIS LE GRAND, ne laissant jamais passer la moindre occasion de le faire, & toûjours sans espoir d'interest.

J'espere Amy Lecteur, que tu n'auras pas de chagrin d'avoir acheté ce Recüeil, encore moins de l'avoir lû, puisqu'il y a de quoy te satisfaire, & de quoy contenter toutes sortes de goûts, par la diversité des pensées, qui en font l'agrément, car enfin se sont icy proprement des jeux d'Esprit.

Au reste les fautes qui se trouvent dans les meilleurs Sonnets, sont comme des Ombres qui relevent les couleurs dans les Tableaux; j'ajoûte que les Auteurs sont des Athletes qui font honneur au Victorieux: Mais à propos de Victorieux, je viens d'apprendre par une Gazette de Holande que Monsieur MARTINET a enfin r'emporté le Prix des bouts rimez à la mode, *Gloire, Roy, Loy, Victoire, &c.* proposées par Monsieur DE RIANTE, cy-devant

Procureur du Roy, au jugement de trois Illustres Heroïnes, voy son Sonnet dans la page 124. & compare le avec ceux qui sont dans le Paralelle Poëtique, sur les mêmes Rimes.

Il est maintenant à propos de t'apprendre que les Juges du Prix de Monsieur MIGNON estoient Messeigneurs les Ducs de NEVERS & de VIVONNE.

La Lettre que Monseigneur LE DUC DE SAINT AIGNAN a écrite à Monsieur DE VERTRON, nomme les Academiciens qui ont jugé des Piéces de Vers, pour la Médaille du Roy, laquelle represente le Passage du Rhin.

Quand les autres Prix seront donnez, je t'apprendray & les Noms des Muses Victorieuses, & ceux des Juges, cependant pour finir agreablement, je te diray que j'ay crû par justice, par reconnoissance & par respect, pouvoir grossir ce Volume Poëtique y meslant encore quelques Sonnets à la Gloire du ROY, & à la loüange de Monseigneur LE DUC DE SAINT AIGNAN.

La petite Academie des Anonymes, est composée de Personnes choisies de l'un & de l'autre Sexe, qui changent souvent de Noms, & qui donnent au Public des Piéces serieuses & Galantes, sans vouloir estre connües pour en sçavoir le jugement, afin d'en profiter; le nombre est de douze; & comme leur principal employ est de loüer Nôtre Incomparable Monarque, le Corps de leur Devise, sont les douzes Signes du Zodiaque avec ce mot, *Æqualis sub Sole labor.*

LETTRE
DE MONSEIGNEUR
LE DUC DE St. AIGNAN
A MONSIEUR DE VERTRON.

A Versailles le 22 May 1682.

L estoit destiné Monsieur; que ny vous ny moy n'aurions point le Prix de la Médaille du Roy; quoy que peut estre nos Sonnets ne fussent pas les pires, mais j'étois de l'Academie & ces Messieurs n'ont pas voulu qu'on peust les accuser d'avoir favorisé un de leurs

Confreres en me l'accordant, & aprés avoir rebuté 145. Sonnets, ils en ont ſeulement retenu quinze; pour vous Monſieur qui aimez la Gloire & qui vous ſouciez peu du bien, je ſuis certain que vous aimerez autant pour le moins eſtre juge que de gagner une Médaille d'Or, & l'on parlera plus de vous aſſurément quand vous choiſirez quelqu'un digne du prix à qui vous le ferez remporter, que quand vous ſeriez ſur les rangs pour combatre & pour vaincre, ſi Monſieur le Marquis d'Ubaye veut bien eſtre l'un des Iuges avec vous, quand vous l'aurez pressenti, je luy écriray pour l'en supplier, & le troisiéme pourra estre Monsieur Faure Fondamente aussi de la mesme Academie Royale d'Arles; Faites moy s'il vous plaist sçavoir vos pensées la dessus Monsieur, & celles de Monsieur d'Ubaye, & soyez s'il vous plaist bien persuadé de mon estime pour vous & que je suis toûjours,

Vostre tres-humble & tres-obligé Serviteur

LE DUC DE St. AIGNAN.

REPONSE INPROMTU

DE MONSIEUR DE VERTRON,

HISTORIOGRAPHE DE SA MAJESTÉ DE L'ACADEMIE ROYALE

A MONSEIGNEUR LE DUC DE SAINT AIGNAN

PROTECTEUR.

MADRIGAL.

A *Composer des Vers l'Or ne peut m'exciter,*
Ce n'est point son éclat, qui fait que je travaille,
Je rime pour la Gloire, & non pour la Médaille:
Quand je cede le Prix, je croy le mériter.

SONNET EN BOUTS RIMEZ DE MONSEIGNEUR LE DUC DE SAINT AIGNAN.

L'Astrologue connoist Mars, Venus, Jupiter.
Mercure est employé chez le Pharmacopole,
La poudre est au Baigneur, la Lancette au Frater,
On prend du Laict chez Barbe, & du Fruit chez . . . . Nicole.

L'un jure en Libertin, l'autre dit son . . Pater
Ou pour vendre un Cheval au Marché Caracole,
L'Ecolier sur les Bancs se plaist à . . . disputer,
Et le Pilote en Mer consulte la . . . . Boussole.

LOUIS *par sa valeur rend son Nom* Immortel ;
Le Courtisan le suit, & renonce au . . Cartel,
Le Plaideur au Palais sollicite une . . . affaire.

On chasse, on joüe, on danse, on chante, on fait des . . . . Vers,
Mais plaire au plus GRAND ROY *qui soit dans l'* . . . . Univers
C'est le plus beau Métier qu'on pourroit jamais . . . . faire.

SONNET SUR LES BOUTS RIMEZ PROPOSEZ POUR LE PRIX DE LA MEDAILLE.

TOUT agit par les Loix du Puißant. Jupiter,
Un Monarque les suit comme un Pharmacopole,
Un Medecin Fameux comme un simple. Frater,
Une Princeße illustre aussi bien que ... Nicole.

On chante, on fait l'amour, & l'on dit le Pater,
On chasse, on jouë, on danse, on boit, on.. caracole,
L'un voudroit toûjours rire & l'autre. disputer,
L'un se sert du Compas, l'autre de la.. Boussole.

Le GRAND LOUIS orné d'un Laurier Immortel
Pouvoit de tout le Monde accepter le ... Cartel,
Mais nous donner la Paix fut sa plus grande affaire.

Qui donc merite mieux nostre Prose & nos.. Vers
Qu'un Roy craint & chery de ce vaste.. Univers
Qui peut tout ce qu'il veut, & fait ce qu'il doit .... faire.

ANACREON PROSTRASSE SAT EST.

A MONSEIGNEUR
LE DUC DE SAINT AIGNAN.

SONNET.

GRAND DUC, *il faut donc pour te plaire,*
En Bouts Rimez, faire un SONNET;
Ma Foy je te le dis tout net,
Pour moy c'est une grande affaire.

Mais bien ou mal, il le faut faire,
Ie vais réver sous mon bonnet,
Peut-estre en vuidant mon Cornet
Pourray-je enfin te satisfaire.

Sçavantes Sœurs venez icy;
A l'ayde, à l'ayde; ah les voicy.
I'ay besoin de trois Vers encore.

Pour bien chanter LOUIS LE GRAND,
(Ce Heros que le Monde honore)
Il n'appartient qu'à SAINT AIGNAN.

LE POETE DE COMMANDE.

B

SONNET DE COMMANDE
EN BOUTS RIMEZ.

OBserver chaque jour le cours de .. Jupiter,
Estre bon Medecin, ou bon. Pharmacopole,
A bien fermer la playe élever un ... Frater,
Des soins de son ménage instruire sa .. Nicole.

Sous un Froc en plein Chœur entonner le. Pater,
Montrer adroitement comme l'on ... caracole,
Sur les Cas importans Doctement ... disputer,
Sur les doutes de Mer consulter la .. Bouſſole.

Tascher par ses Ecrits de se rendre Immortel,
Abolir Heresie, & Blasphème, & .... Cartel,
De ces emplois divers chacun fait son .. affaire.

Que le nostre à jamais soit de chanter des. Vers,
Pour celebrer LOUIS, *qui regle l'* .. Univers,
Et n'a dans ses desseins , qu'à vouloir pour tout .... faire.

Monſieur DE VERTRON.

SONNET DU PRIX.

ADMIRONS ici bas l'ordre de . Jupiter,
Chacun a son employ; l'un est Pharma-
copole,
Vn autre est Médecin & commande au . Frater,
L'autre deffend les Droits de Pierre & de Nicole.

Celuy-cy sous un Froc est appellé .... Pater,
Cet autre aux Champs de Mars plein d'Orgueil
caracole,
Celuy-là sur les Bancs se plaist à ...disputer
Et l'autre court les Mers conduit par la Boussole.

LOUIS *par sa valeur rend son Nom* Immortel,
Ses soins ont aboli l'usage du .... Cartel,
Le bien de son Etat est son unique ... affaire.

Muses, qu'il soit toûjours le sujet de vos Vers!
Il est le plus GRAND ROY, *qu'ait*
produit l' .... Univers,
Attachez vous à luy, vous ne sçauriez mieux
faire.

Monsieur BARATON.

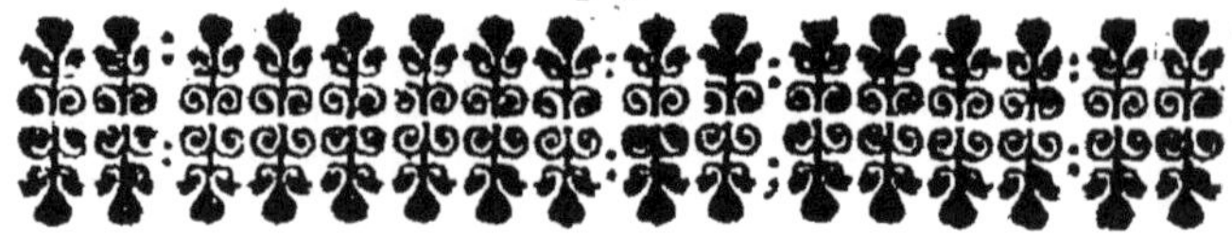

SONNET DU PRIX.

Quand on est animé par un si vaillant Chef
Pour aller au Combat aucun Soldat ne grogne,
Dés que LOUIS LE GRAND *s'embarque dans sa* . . . . Nef,
De terreur, & d'effroy l'Ennemi se refrogne.

On sçait trop que son bras peut vaincre de rechef,
Et qu'il n'est point d'Etat si puissant qu'il ne rogne,
Ce foudroyant HEROS *sçait triompher en* bref,
Sa valeur du Batave a fait paslir la . . . trogne.

Pour la Paix cependant il veut bien faire un troc,
Il pourroit enchaîner le Prince de Ma . . roc,
Et s'en servir un jour pour oster sa . . Pantoufle.

Combien a t'il de fois mis l'Espagnol à sec?
S'il veut on le verra du moindre petit souffle,
Mettre le Grand Seigneur à son dernier échec.

La Muse de GUERARD, *qu'on a sçû depuis estre de* Mademoiselle de CHANCE, Fille de Madame DOURLENS.

SONNET DE MONSEIGNEUR LE DUC DE SAINT AIGNAN.

TEL que fût APOLLON triomphant
du Dieu . . . . PAN,
Où l'aimable Adonis auprés d'une Guenuche,
Tel que seroit un Ange à l'égard de Satan,
Ce qu'un riche Drap d'Or est auprés de la Pluche.

Un superbe Lion prés d'un timide . . . Fan,
Ce qu'au prix de l'Absinte est le Miel d'une Ruche
Tel est entre les Roys dans tout le Cours de l'An,
Le GRAND LOUIS qu'on vante
au Pays de l' . . . . . . Autruche.

S'il marche aux Ennemis, la perte leur est hoc,
Mais les Peuples soûmis gagnent toûjours au troc,
Dans ses heureux Etats jamais l'Aigle ne niche,

C'est de luy seul qu'on dit, Nec Plu-
ribus im . . . . par,
Et s'il veut mettre un jour toute l'Europe en friche
TEL EST NOSTRE PLAISIR suivra
bientost le . . . . CAR.

SONNET DU PRIX.

APOSTROPHE

A L'ESPAGNOL.

Joins un courage d'Aigle à la fierté d'un Pan,
Ibere, sois plus fin, qu'une vieille Guenuche,
Si tu romps une fois inspiré par . . . Satan,
LOUIS *t'aura bientost secoüé ta* . . Peluche.

Le Belgique Lion devant luy n'est qu'un Fan,
Ce n'est plus comme au tems que pillant nôtre ruche
Et répandant l'Effroy de Bruxelles à . . . Lan,
*Tu cherchois à remplir ton Estomac d'*Autruche.

Ta défaite en tous lieux aujourd'huy nous est hoc
Les Valois sont passés, & par un heureux troc,
LE PLUS GRAND *des* BOURBONS
t'a fait niche sur . . . . niche.

Cent Peuples disoient Por *qui sous luy disent* Par
Ce Héros fait, défait, cultive, met en friche,
Sans qu'on ose alleguer, ny si, ny mais, ny car.

Monsieur DE LA MONNOYE,
Correcteur des Comptes de Dijon.

SONNET.

DE ce Peuple jadis plus superbe qu'un Pan,
L'Espagnol à present n'est plus que la Gue-
nuche,
Le François l'a réduit comme un autre Satan,
A detester l'Orgueil que luy coûte sa Pluche.

On a veu le Lion plus timide qu'un . Fan,
Et l'Aigle se cacher comme l'Abeille en Ruche,
Quand on verra camper l'Ennemi prés de Lan,
La Poule aura des œufs aussi gros qu'une Autruche

Comptons si l'on Combat que la Victoire est hoc,
Si l'Espagnol ne cede ou ne fait quelque troc,
Ailleurs qu'aux Païs bas, il peut chercher sa niche.

Les Ordres de mon ROY s'expriment
Par DE . . . . PAR,
Rendez vous Ennemis, vostre espoir est en Friche,
Il fait ce qu'il luy plaist, en prononçant un CAR.

Monsieur DE VERTRON.

A LA GLOIRE
DE MONSIEUR DE LA MONNOYE, CORRECTEUR DES COMPTES A DIJON.
RONDEAU.
Apostrophe aux Muses Françoises.

A La Monnoye *on a jugé le Prix,*
Déja trois fois qui n'en ſeroit ſurpris !
On le couronne en pleine Academie,
Sur ſes beaux Vers un chacun ſe récrie,
Enfin Dijon l'emporte ſur Paris.

Pour vous berner Meſsieurs les beaux Eſprits,
Tous d'une voix renvoyent vos écrits,
Comme Travaux d'une fauſſe Alchymie,

A la Monnoye.

Confeſſez donc avoir trop entrepris,
De travailler à faire des recits,
Des grands Exploits dont la Terre eſt ravie :
Il faut aller ſans honte, & ſans envie,
Pour ſçavoir faire un Portrait de LOUIS

A la Monnoye.

LE DES'INTERESSE'.

A LA GLOIRE DU ROY

SONNET EN BOUTS RIMEZ.

ROME vantes Cesar, 1 *Valence l'*.. Escarlate,
Macedoine Alexandre; Egypte 2 *Apis ton* Bœuf,
Perse ton Grand Cyrus, *&* *toy Pont* .. Mithridate,
La France sous LOUIS *fait voir un Siecle* ... neuf.

Le Bourgeois est gardé par son Chien & sa Chate,
Le Païsan conserve & sa Poule & son .... œuf,
Le Soldat autre fois plus cruel qu'un .... Sarmate,
N'oseroit plus piller l'Orphelin, ny le .... Veuf.

LOUIS *seul a sçû vaincre, & le* 3 *Lion &* 4 *l'* Aigle,
En Guerre, en Paix, partout la justice est sa Regle,
Son zele garantit cent Peuples des .... Enfers.

La Prudence est sa Guide, *& la Paix est son* Centre,
Sa Clemence pardonne à l'humble dans les ... Fers,
Mais sa force réduit l'Orgueilleux dans son .. Antre.

L'INSENSIBLE.

1. Ville d'Espagne où naist une Graine à teindre en Escarlate.
2. Apis, ou bien Serapis, estoit un Bœuf marqué d'une certaine façon, adoré par les Egyptiens.
3. Symbole de la Holande & de l'Espagne.
4. Armes de l'Empire.

APOSTROPHE A MESSIEURS DE LA RELIGION PRETENDVE REFORME'E.

SONNET.

LES Edits d'un GRAND ROY
qui portent la ..... Terreur,
Ne rendront ils jamais vôtre Ame plus soû mise?
Vos Ministres sur vous peuvent tout par surprise,
Et leur zele n'est pas une Sainte .... Fureur.

J'admire de LOUIS la pieuse entreprise,
Voyant que contre vous le Ciel est plein d'horreur,
Il veut vous retirer par ses soins de l' ... Erreur,
Pour vous mettre aujourd'huy dans le Sein
de l'Eg .... lise.

Vous courez à grands pas au chemin des Enfers,
Si Luther & Calvin sont à present aux Fers,
Que ne les fuyez vous, malheureux que vous estes!

Croyez la verité vos principes sont V.. ains,
LOUIS prefereroit à toutes ses Con .. questes,
Le bonheur de vous voir Catholiques Ro .. mains.

L'INFATIGABLE.

BOUTS RIMEZ.
SUR LA CLEMENCE DU ROY.
SONNET.

QUE le Ciel soit jaloux des Grandeurs de la . . . . Terre,
LOUIS s'égale aux Dieux par ses rares Explois,
Il soûmet aujourd'huy l'Univers à ses . . . Lois,
Et sans cesse il agit, sans que jamais il . . erre.

Tout suit ses mouvemens, tout se rend à sa Voix,
Sa main seule fait plus que l'Aigle avec sa Serre,
Cette main propre à tout à la Paix, à la Guerre,
Balançant l'une & l'autre en fait un juste choix.

Voyant tant d'Ennemis sujets à son Em pire,
Il aime que chacun sous ses Lauriers re . . spire,
Et qu'il goûte en repos un bien tant at tendu.

Les Graces de LOUIS sont toutes volontaires,
Il leur donne la Paix sans qu'ils soient tributaires
Et sa bonté l'engage à plus qu'il n'auroit dû.

L'INDEPENDANTE.

SUR CE QUE LES PROGRE'S Du ROY ne peuvent avoir d'autres limites que ceux de la Terre.

SONNET.

LES Siecles à venir auront peine à le croire ;
Ces Héros qui jadis se sont fait a . . . dorer
Ne sont plus des sujets que l'on doive ad. . mirer ;
Le HEROS *de nos jours ternit toute leur* Gloire.

LOUIS *est maintenant l'ornement de* l'. . . . . Histoire,
LOUIS *est un rempart qui nous peut* assurer,
LOUIS *est un Soleil qui vient nous écl*. . airer,
LOUIS *est en un mot Maistre de la*. . Victoire.

L'Ennemy devant luy se range à son. . devoir,
Luy faisant ressentir son absolu pou. . . . voir,
En vain contre LOUIS *le Lion étin*. . celle.

Ah qu'il est beau qu'un Prince au plus fort des H . . . . ivers,
Rende par ses Exploits sa Gloire univer. . selle,
Et puisse conquerir luy seul tout l'Uni. . . vers

L'INDIFERENTE.

SONNET AU ROY.

SUR SES CONQUESTES ET SUR SON HEUREUSE POSTERITÉ.

QUE peut-on GRAND LOUIS, adjoûter à ta Gloire?
L'Univers te connoit pour le plus GRAND des Roys,
Tes propres Ennemis admirent tes Exploits,
Qui t'ont acquis un Nom d'Eternelle mémoire.

Ton Auguste DAUPHIN en lisant ton Histoire,
Y voit le digne Objet de ses Nobles Emplois,
Il te suit, il t'imite, & te donne à ton choix,
Des Petits-Fils issus du Sein de la VICTOIRE.

De tes rares Vertus ils ont tous herité,
Pour les transmettre encore à leur Posterité;
Du Pere & de l'Ayeul ils suivront les vestiges.

Et du Sang des Bourbons ces Gages précieux,
Aprés avoir comblé la Terre de Prodiges,
En feront rejallir la source jusqu'aux Cieux.

Monsieur DE LA GRANCHE, Advocat en Parlement.

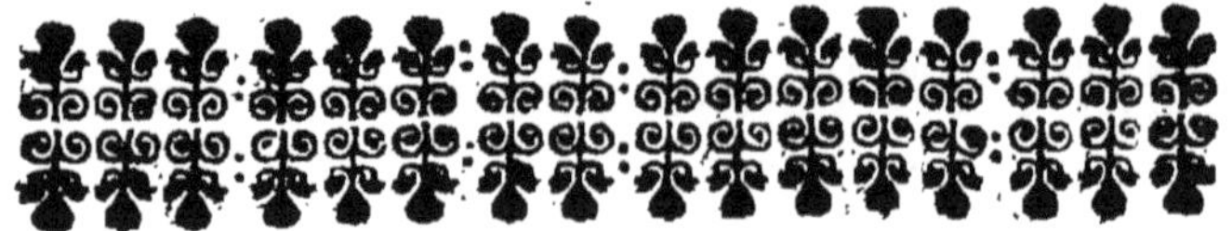

AU ROY.

POUR AVOIR DE'TRUIT L'HERESIE.

SONNET.

QV'un Fidele Ecrivain en traçant ton Hiſtoire
Pour la faire paſſer à nos derniers Neveux
La rempliſſe, GRAND ROY, *de ces Exploits Fameux,*
Qu'aux Siecles à venir on aura peine à croire.

Qu'il te place partout ſuivi de la Victoire;
Doux à tes Ennemis, que la Paix rend heureux;
Craint de tout l'Vnivers dont tu reçois les Vœux;
Mais Calvin expirant met le comble à ta Gloire.

Par là ta Pieté releve encor ton rang;
Oüi nos Autels vangez ſans répandre de ſang,
De LOUIS, *& du Ciel marquent l'intelligence:*

Pour la rendre éternelle il n'eſtoit qu'un milieu,
Le Ciel donna LOUIS *aux Peuples de la France,*
LOUIS *donne à ſon tour tous ſes Peuples à Dieu.*

Monſieur MARCEL.

SUR LE NOUVEAU PANTHEON,

SONNET.

ROMAINS, pour contenter vos cœurs ambitieux,
Contemplez à loisir un Astre plein de Gloire,
Un Monarque parfait, un Chef d'œuvre des Cieux,
Un Roy qui fut toûjours suivi de la Victoire.

Les CESARS *aujourd'huy ne sont plus d'envieux*
Lisez du GRAND LOUIS *la surprenante Histoire,*
Vous cesserez de mettre AUGUSTE *au rang des Dieux,*
C'est assez que son Nom soit dans vostre mémoire.

Venez voir avec nous le NOUVEAU PANTHEON,
Les Dieux & les Héros y sont mis par VERTRON,
Mais LOUIS *leur préside en ce superbe Temple.*

Si les Siecles passez n'ont point vû son pareil,
Et s'il doit aux Futurs un jour servir d'exemple,
Que devient vostre AUGUSTE *auprés de ce Soleil.*

Monsieur LE COQ.

PARALELLE DE LOUIS LE GRAND AVEC LE GRAND HERCULE,

SONNET.

LES Affreux Geans ont l'audace,
D'entaßer des Monts jusqu'aux Cieux,
Pour aller insulter en face
JUPITER le plus Grand des Dieux.

Mais luy voyant que sa menace,
Irritoit ces Séditieux,
Il précipite cette Race,
Dans l'Abysme des sombres lieux.

Ainsi LOUIS digne d'un Temple,
De JUPITER suivant l'Exemple,
Punit Alger & les Génois.

Il ne s'y resout qu'avec peine,
Mais quand il punit une fois,
Qu'il est dur d'encourir sa haine!

DEVISE.

LE CORPS...... Le Tonnerre, qui aprés avoir longtems grondé dans les Airs, tombe sur des superbes Tours qu'il renverse.

LE MOT *est de Virgile*..... Discite justitiam moniti, & non temnere Divos.

Apprenez la Justice & respectez les Dieux.

Monsieur LE COQ.

A LA GLOIRE DE
LOUIS LE GRAND.
SONNET PAR ECHOS.

Toûjours au milieu du Salpestre ... estre;
Percer partout comme un éclair. . . l'Air,
Ne se plaire qu'où la Trompette. . . . . . pette,
De bon Oeil les Soldats qui font bien leur devoir,
voir.

Rencontrer toûjours la Fortune . . . . . une;
Porter un Faix du soin dont l'on verroit Atlas las,
Et trouver les Vertus méme dans les Rebelles
belles,
C'est ternir tous les Grands *passez*, assez.

C'est aux Futurs servir d'Exemple . . . ample.
Que par LOUIS LE GRAND *vous*
estes embellis . . . . Lis!
Son Nom quoy qu'éclatant, bien moins que sa
Personne . . . . sonne.

Chacun prendra de luy charmé de ses Explois;
Lois,
Quiconque à le loüer, employer Vers & & Prose,
ose,
Ignore qu'on y voit les plus brillans Esprits. pris.

MADRIGAL.

VERTRON, *tu ne pouvois consulter trop d'Oracles,*
Pour nous representer tant & tant de Miracles,
La Gloire de LOUIS *remplit tout l'Univers,*
Non, jamais on n'en vit de si bien assortie,
Et pour la celebrer par de dignes Concerts,
Tout ce qui peut parler doit tenir sa partie.

LE SECRETAIRE DES MUSES.

SONNET.

MAgnanimes HEROS qui courez à la Gloire,
Mesurez tous vos pas sur les pas de mon
ROY,
Et pouvant tous domter faites vous une . . Loy,
De remporter sur vous la premiere . . Victoire.

L'Exemple en est unique, & de la vieille
Histoire,
Vn semblable Prodige eust alteré la . . . . . Foy,
Lors que tout est soumis, que tout tremble d'effroy,
De ce que l'on se doit conserver la . . mémoire.

Ah c'est-la du HEROS le Triomphe. . achevé!
Il n'est rien de si Grand, rien de plus . . . élevé,
Si l'on est emporté, c'est peu d'estre intrépide.

LOUIS toûjours tranquile en ses Soins
Immortels,
Domtant sans s'émouvoir plus de Monstres
qu' . . . . . . Alcide,
Merita mieux que luy l'Encens, & les . . Autels.

CALLIOPE'.

SONNET.

LE GRAND LOUIS *n'eſt point ébloüi*
de ſa . . . . . Gloire,
Au deſſus de ſon Thrône il reconnoiſt un . . ROY,
Il en ſçait maintenir & les Droits & la . . Loy,
Et ce n'eſt qu'à ce prix qu'il cherit la . . Victoire.

Son Zele Tres-Chrêtien brillera dans l' . . Hi-
ſtoire,
Ses Lauriers ſerviront de Couronne à ſa . . . Foy,
Des erreurs de Calvin ſon Nom le juſte . . effroy,
A de ſes Sectateurs aboli la . . . . . mémoire.

C'eſt-la le coup d'Eſtat d'un Heros . . . achevé,
D'un Monſtre furieux dans l'Enfer . . . . élevé,
Mille teſtes montroient une audace intrépide.

Ses traits envenimez devoient eſtre Immortels,
Mais LOUIS, *& l'Aiſné de l'Egliſe, &*
l' . . . . . Alcide,
Sçût luy ſeul Immoler cette Hydre à ſes Autels.

POLYTYMIE.

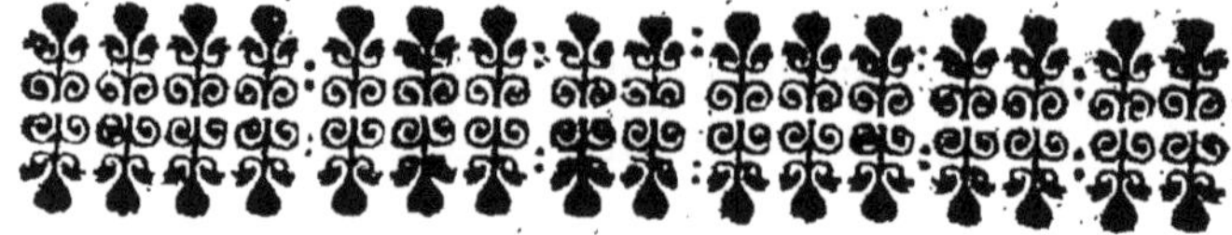

SONNET.

IL s'est vû des HEROS amoureux de la Gloire,
Mais aucun d'eux jamais s'çut-il comme mon ROY,
Ce Grand Art du secret dont la discrete Loy,
N'annonce les desseins qu'avecque la Victoire.

Les plus fiers Conquerans que nous vante l'.... Histoire,
Et qu'on revere encor aujourd'huy sur sa Foy,
Avides de remplir tout le Monde d'.. effroy,
Par leur air menaçant ont terni leur mémoire.

LOUIS ne parle point & tout est achevé,
Ce silence est l'effort d'un Esprit .... élevé,
Qui seconde à propos un courage .. intrépide.

Et l'Art mysterieux de ses soins Immortels,
Forme un Héros si Grand, qu'en sa presence Alcide
Rougiroit de prétendre à l'honneur des Autels.

THALIE.

SONNET.

DV Monarque François éterniser la Gloire
Celebrer dignement les Faits d'un si Grand ROY,
Annoncer que la Terre est soûmise à sa Loy,
Et qu'il régle à son gré le cours de la Victoire.

*Dire qu'il fait luy seul l'Ornement de l'*Histoire,
Qu'un jour pour ses Exploits on manquera de Foy,
Qu'il est du Monde entier ou l'amour ou l' effroy,
C'est ce qui n'appartient qu'aux Filles de mémoire.

Doctes Sœurs, faites donc un Portrait achevé,
Peignez de ce HEROS *le Genie* ...... élevé,
Peignez la Noble ardeur de son Cœur Intrépide.

Placés-le dans vos chants parmi les Immortels,
Son rang vous le sçavez, est au dessus d'..Alcide,
Et LOUIS *mieux que luy mérite des*.. Autels.

THERPSICORE.

POUR MONSEIGNEUR

SONNET SUR LES MESMES BOUTS RIMEZ.

DIGNE Fils d'un HEROS que suit partout la .... Gloire,
On voit briller en vous les traits d'un si Grand ROY,
Ses Ordres sont pour vous une supréme .... Loy,
Et ses pas un Chemin qui méne à la ... Victoire.

Du grand Art de regner qu'on apprend de l'.....Histoire,
LOUIS seul est l'Exemple, & sa Vie en fait Foy,
Du Monde comme luy Prince, soyez l'...Effroy,
Perpetuez son Nom, son Sang, & sa Mémoire.

Quel Modele à vos yeux seroit plus .. achevé?
Le dessein de le suivre est le plus ..... élevé,
Imitez ses Vertus d'un Courage ... Intrépide.

Par-là vous acquerrez des Lauriers Immortels.
Et plus Grand que César, qu'Alexandre ou qu'.....Alcide,
Vous mériterez mieux des Vœux & des Autels.

EUTERPE'.

SONNET.

POUR MONSEIGNEUR

ESTRE dés le Berceau dans le Sein de la
Gloire,
Pour soûtenir l'espoir le plus doux d'un GRAND
ROY,
Voir le Monde tout prest à reçevoir sa.. Loy,
Et n'entendre chanter que Lauriers que Victoire.

C'est assez pour tenir un haut rang dans l'Histoire,
Il faut, il faut laisser un Héros sur sa.. Foy,
Sans répandre partout l'épouvente & l'effroy,
On peut graver son Nom au Temple de mémoire.

Si PHILIPPE eust tout pris, s'il eust tout
achevé,
ALEXANDRE eust toûjours esté GRAND élevé,
Il auroit toûjours eu l'Ame fiere .. intrépide.

Plus d'un sentier conduit aux honneurs immortels,
C'est moins sur les Travaux que sur le Cœur
d' ...... Alcide.
Qu'on a chez les Humains élevé ses.. Autels.

CLION.

SONNET

POUR MADAME LA DAUPHINE.

NOSTRE *Illuſtré* DAUPHINE *a mis toute ſa* ...... Gloire,
A cherir ſon Epoux, craindre Dieu, plaire au ROY,
Des vaines paßions elle brave la ..... Loy,
En ſa Perſonne Auguſte on en voit la VICTOIRE.

Les Siecles à venir verront dans ſon Hiſtoire,
De cette Femme Forte & l'Eſprit & la Foy,
Qui regardant le Monde avec un ſaint effroy,
Des perils qu'on y court ne pert point la mémoire.

Pour former des Vertus ce modele .. achevé,
Il faut une Ame Grande, un Eſprit ... élevé,
Il faut y joindre encor un courage intrépide.

C'eſt par là qu'on arrive aux honneurs immortels,
*Et l'on ne dompte pas moins de Monſtres qu'*Alcide
Pour demeurer Fidelle aux devoirs des Autels.

MELPOMENE.

POUR MONSEIGNEUR
LE DUC DE BOURGOGNE.

SONNET.

CROISSEZ *Heureux Enfant dans le Sein de la* . . . . Gloire ,
A l'ombre des Lauriers & des Palmes du ROY,
Vous estes né pour vaincre & pour donner la Loy,
C'est le destin promis au beau Sang de VICTOIRE.

Sans que vous consultiez les Héros de l'Histoire
Pour faire avec les Lys par tout fleurir la Foy ,
Pour remplir & l'Asie & l'Europe d' . . effroy ,
Il suffit que LOUIS *soit en vostre* mémoire.

Que ses soins vous rendront un Monarque achevé !
Déja sa valeur brille en cét Air . . . . élevé ,
En cette grace fiere en cét œil . . . intrépide.

Allez Heureux Enfant vos Explois Immortels,
Vont bientost effacer tous les Travaux d'Alcide,
Et rabatre l'orgueil dont l'enflent ses . . Autels.

ERATO.

POVR MONSIEUR

SONNET SVR LES MESMES BOUTS RIMEZ.

PHILIPPE n'est il pas au comble de sa Gloire ?
Il est Fils, Frere, Gendre, & Beau Pere de ROY,
A la Flandre, à l'Espagne, il a donné la Loy,
Et couronné son Sang aprés une ... Victoire.

Cent glorieux Exploits en signalent l'Histoire,
Cassel & Saint Omer, Bouchain méme en font Foy,
Il fut des Holandois la terreur & . . l'effroy,
Et le Prince d'Orange en a bonne mémoire.

Il fait voir de LOUIS un Portrait achevé,
A l'exemple du Sien son cœur est .... élevé,
Il est dans les hazards constant, ferme, intrépide.

France si tu croyois les Héros immortels,
Combien plus justement qu'à la valeur d'Alcide,
A l'Auguste PHILIPPE offrirois tu d'Autels ?

URANIE.

POUR

LE ROY.

SONNET.

TOVS les pas de LOUIS le ménent a la Gloire,
En Guerre comme en Paix toûjours Grand toûjours ROY,
Aprés qu'il a vaincu, qu'il a donné la Loy,
Il fait ençor aimer aux Vaincus sa Victoire.

Ceux qui de ses hauts Faits entreprennent l'..... Histoire,
Osent-ils esperer qu'on leur ajoûte ..... Foy?
Et jamais nos Voisins pourront ils sans effroy,
D'un si terrible Nom rappeller la mémoire?

Tout conspire à le rendre un Héros achevé,
Le Port Majestueux, l'Esprit juste ....élevé,
Et dans une Ame adroite, un courage intrépide.

Ennemis de l'honneur qu'on doit aux Immortels,
Mónstres d'impieté redoutez cét.. ALCIDE,
Il ne veut plus souffrir de Temples sans Autels.

Le R. P. COMMIRE Jesuite.

POUR

LE ROY DE POLOGNE.

SONNET.

HE' bien fier Ottoman, que deviendra ta Gloire!
Ton Croißant s'obscurcit sous l'éclat d'un Grand ROY,
Et le Bosphore heureux d'en reçevoir la Loy,
Va voir dans ton Serrail couronner sa Victoire.

Que d'Eloges pompeux luy prépare l'Histoire!
Où régnoit l'Alcoran, il fit régner la Foy,
Sauva Vienne & l'Empire & jetta dans l'effroy,
L'Vkraine, où de ses coups dure encor la mémoire.

Tout est fort, tout est noble en ce Prince achevé,
Vn Air de Conquerant, un Esprit .... élevé,
Dans des Perils affreux un Courage intrépide.

S'il n'a pas les honneurs qu'on rend aux Immortels,
Ce n'est pas qu'il n'en soit bien plus digne qu' .... Alcide,
C'est qu'un Héros Chrêtien laisse à Dieu les Autels.

Le R. P. COMMIRE. J.

POUR

LE ROY DE POLOGNE.

SONNET.

PAR les chemins de la .... Gloire,
On void marcher ce Grand ...... ROY,
Il suit la Divine .... Loy,
Partout il a la .... Victoire.

On le verra dans l' .... Histoire,
Comme l'Appuy de la .... Foy,
Et des Ottomans l' .... Effroy,
Mis au Temple de .... Mémoire.

C'est un Heros .... achevé,
Dont le Cœur est .... élevé,
De qui l'Ame est .... Intrépide.

Et par ses Faits .... Immortels,
L'Antiquité comme .... Alcide,
L'auroit vû sur ses .... Autels.

MONSIEUR LE DUC DE SAINT AIGNAN.

POUR

MONSEIGNEUR

SONNET.

ALLEZ jeune Héros, où vous attend la Gloire,
Marchez d'un pas égal sur les traces du ROY,
De Vous comme de Luy tout reçevra la.. Loy,
Son Sang, son Nom, vous est un Gage de Victoire.

Que de Faits éclatans vont grossir vostre Histoire!
Soit que vous combatiez pour défendre la Foy,
Soit que chez nos Voisins vous répandiez l'Effroy,
Que vous serez loüé des Filles de Mémoire!

Aussi se promet-on un Monarque achevé,
D'un Prince que LOUIS à luy méme élevé,
Qu'il a fait comme Luy, juste, sage, Intrépide.

Si l'on juroit encor par les Dieux Immortels,
Luy comme Iupiter, Vous comme un autre Alcide,
Vous verriez tout le Monde encenser vos Autels.

Le R. P. COMMIRE. J.

POUR MONSIEUR

SONNET.

DIGNE *Sang de Bourbon, qui seul avez la* Gloire,
D'estre Fils, Frere, Gendre, & Beau Pere de ROY,
En combien de Climats donneriez vous la . . Loy,
Si vous en aviez crû Bellonne & la Victoire?

Mais vous aimez bien mieux qu'on lise en vostre . . . . . Histoire,
Il sçût à la valeur joindre la bonne *Foy*,
Il nous rendit amis ceux dont il fût l'*effroy*,
Et les Villes qu'il prit benissent sa *mémoire*.

L'Issel vit-il jamais Guerrier plus achevé?
Saint Omer & Cassel n'ont ils pas . . . . élevé,
Vn éternel Trophée à vostre Ame intrépide?

En vain vous mettroit-on au rang des Immortels,
*Pour vous faire partout plus renommer qu'*Alcide,
*Vous n'avez pas besoin de Temples ny d'*Autels.

Le R. P. COMMIRE. J.

POUR
M. LE PRINCE.
SONNET.

JOVISSEZ en repos, Prince, de vostre Gloire,
Adoré de la Cour, honoré de mon ROY,
On apprend vostre Vie, on s'en fait une Loy,
Quand on veut sûrement aller à la Victoire.

Ces Siéges, ces Combats si brillans dans l'..... Histoire,
Nos Neveux pourront-ils les croire sur sa Foy,
Et le Rhin n'est-il pas encore dans l'.. effroy,
Quand Norlingue, ou Fribourg luy revient en mémoire?

Cesar dont on nous fait un Héros.. achevé,
Eut l'Esprit moins perçant, le Cœur moins élevé:
Il fut moins sage en Paix, moins en Guerre intrépide:

Et si Rome le mit au rang des Immortels,
Estre plus grand que luy, plus grand mesme qu'..... Alcide,
N'est-ce pas reprocher à ces Dieux leurs.. Autels?

Le R. P. COMMIRE. J.

POUR

MONSIEUR LE PRINCE.

SONNET SUR LES MESMES BOUTS RIMEZ.

CONDÉ dans les Combats s'est acquis tant de...... Gloire,
Qu'il s'est fait admirer de nostre Auguste ROY,
Sa valeur à soûmis cent Villes sous sa.... Loy,
En signalant son Nom de Victoire en .. Victoire.

Quand les Siecles futurs en apprendront l'.... Histoire,
Ils croiront ce Prodige au dessus de leur Foy,
De tous nos Ennemis ce Grand Prince est l'Effroy,
Et même ils en craindront jusques à la Mémoire.

Il a bien commencé, mieux encor achevé,
Au dessus des Perils son Cœur s'est ... élevé,
Il fit toûjours paraître un courage Intrépide.

Qui ne l'auroit dû mettre au rang des Immortels,
Si nous étions du tems ou d'Auguste ou d'Alcide,
A qui l'ancienne Rome érigea tant d'Autels.

Monsieur ***

EPITAPHE.

DE M. DE TURENNE.

SONNET.

TURENNE *gist icy. Ce Héros plein de* Gloire,
Sans en porter le Nom, merita d'estre .... ROY,
Luy de qui tant de Rois avoient reçû la... Loy,
Et qui mesme en mourant remporta la.. Victoire.

Ses Exploits merveilleux relevent nostre Histoire,
On vante sa Bonté, sa Clemence, sa...... Foy,
Et ceux dont il estoit la terreur & l'.. effroy,
D'un si juste Ennemi respectent la.. mémoire.

Mais enfin pour en faire un Eloge,.. achevé,
Sans dire qu'il avoit le Cœur Noble,.. élevé,
Qu'il fut Sage au Conseil, au Combat intrépide:

Ce qui luy merita des Honneurs immortels,
C'est qu'il apprit la Guerre à nostre GRAND ALCIDE:
Et par là conserva l'Etat & nos..... Autels.

Le R. P. COMMIRE. J.

SONNET DU PRIX DE LA DAME INCONNUE A LA GLOIRE DE MONSEIGNEUR LE DUC DE SAINT AIGNAN.

SAINT AIGNAN n'eut jamais pour objet que la.......... Gloire,
Il sert avec ardeur nostre Invincible.. ROY,
De tâcher à luy plaire il se fait une... Loy,
Son Nom s'est signalé par plus d'une.. Victoire.

Ses Grandes Actions surprendront dans l'.....Histoire,
Il a toûjours gardé sa Parole & sa..... Foy,
Son bras est des méchans la terreur & l'Effroy,
Vn jugement solide est joint à sa... mémoire.

Il paroist dans la Cour d'un mérite.. achevé,
Aux Honneurs éclatans on le voit.... élevé,
Son Esprit est charmant & son Cœur. intrépide.

Il reçoit d'APOLON des Lauriers.. immortels,
Et l'on pourroit enfin le loüer plus qu'...Alcide,
Mais il n'aime l'Encens qu'au pied de nos Autels.

URANIE.

A MONSEIGNEUR
LE DUC DE SAINT AIGNAN.
SONNET.

TOY qui par tes Vertus & conduit par la Gloire,
As trouvé le moyen d'estre estimé du . . ROY,
Et qui dans ce bonheur ne connois d'autre . . Loy,
Que celle de cherir LOUIS, *& la* . . Victoire.

Que ton Nom quelque jour brillera dans l' . . . . . Histoire,
Quand ta fidelité pour l'Etat, & la . . . . Foy,
Quand de tes Ennemis la défaite ou l' . . . Effroy,
De la Posterité charmeront la . . . . . mémoire.

Mais ce qui te doit rendre un HEROS achevé,
C'est que dans cét éclat de mérite . . . . . élevé,
Ton Grand Cœur est humain, aussi bien qu' . . . . intrépide.

SAINT AIGNAN, c'est en tout passer les Immortels,
Puis qu'à tous les Héros, méme au Fameux Alcide,
On a veu des défauts ébranler leurs . . Autels.

Mademoiselle DE LUYNES, Fille de Monsieur DE LUYNES Président au Mortier au Parlement de Metz.

SONNET.

A MONSEIGNEUR LE DUC DE SAINT AIGNAN.

GRAND DUC *que de Chemins te ménent à la*.......... Gloire!
Il n'est point de Sujet plus Fidele à son .. ROY,
Il n'est point de Chrêtien plus constant dans sa Loy
Il n'est point de Guerrier plus sur de la Victoire.

Quelque Eloge Pompeux que te donne l'Histoire,
Qu'elle ne craigne point qu'on soupçonne sa Foy,
Qu'elle tremble plûtost, & fremisse d' .. effroy,
De ne pas assez loin faire aller ta .. mémoire.

N'as tu pas les Vertus d'un HEROS .. achevé?
A t'on vû sur la Terre un Cœur plus .... élevé?
Quelqu'un dans le peril est-il plus .. intrépide?

*Aveugle Antiquité, qui fit tant d'*Immortels.
Ie te pardonnerois, si ton Fameux ..... Alcide,
Eut comme SAINT AIGNAN *merité des*................ Autels.

Monsieur BOURSAULT.

PORTRAIT DE MONSEIGNEUR LE DUC DE SAINT AIGNAN.

SONNET.

L'ILLVSTRE SAINT AIGNAN *fait sa plus grande* .... Gloire,
D'obeïr & de plaire à nostre Auguste ROY,
A combien d'Ennemis a t'il donné la Loy?
Fut il jamais Guerrier plus né pour la Victoire?

*Que de rares Vertus à mettre dans l'*Histoire!
La liberalité, l'honneur, la bonne ..... Foy!
Et si par sa valeur il inspire l'..... Effroy,
Il charme par ses Vers les Filles de Mémoire.

Oüi SAINT AIGNAN *sans doute est un Duc* .... achevé,
Son Esprit au Parnasse est le plus ... élevé,
Son Cœur aux Champs de Mars est le plus Intrépide.

Ces HEROS *qu'on a mis au rang* des Immortels,
Ce *Genereux* HECTOR, *cét Invincible* ALCIDE,
Qu'ont ils fait plus que luy pour avoir des Autels?

LA MUSE INSULAIRE.

POUR MONSEIGNEUR
LE DUC DE NEVERS.
SONNET EN BOUTS RIMEZ.

MA Muse, ILLUSTRE DUC, doit hommage à ta .... Gloire,
Puisqu'elle fait honneur au Regne de mon ROY,
Ton Esprit delicat par tout donne la ... Loy,
Peut-on luy disputer le prix & la .. Victoire?

Tous ces sçavans, qui font tant de bruit dans l' ... Histoire,
Que méme à leur égard on doûte de sa .... Foy,
Auroient pour ton mérite un respect plein d' .... effroy,
Chacun te céderoit au Temple de ... Mémoire.

Ton Iugement est sûr, & l'on croit .. achevé,
L'Ouvrage qui peut plaire à ton goust .. élevé,
C'est à toy de chanter ce HEROS .. Intrépide.

Oüy chante ses Vertus, ses Travaux. . Immortels,
La France ne peut mieux honorer son .. Alcide,
Qu'en cédant à tes soins l'honneur de ses Autels.

L'HERMITE DES CHARMES.

POUR MONSIEUR LE MARQUIS DE LOUVOIS.

SONNET

Je ne veux point ici m'étendre sur la Gloire,
Ny louer foiblement la Clemence du ROY,
L'Univers par la Paix asservy sous sa Loy,
Parle assez dignement de sa haute Victoire.

J'abandonne le soin & la peine à l'Histoire,
De passer pour sincere & pour digne de Foy,
Quand ses Faits inoüis qui remplissent d'effroy,
Par elle seront mis au Temple de mémoire.

Mais ce qui rend pour moy ce Monarque achevé,
Est, quand je vois LOUVOIS par ses soins élevé,
Estre en tout Genereux, prompt, fidele, intrépide.

Là je dois à LOUIS *des honneurs* immortels,
Puisqu'aucun comme luy, méme le Grand Alcide,
N'a fait à ses Sujets meriter des ... Autels.

Mr. D. * * *

POUR MONSIEUR DE VERTRON

SONNET.

QUE le Docte VERTRON a remporté de Gloire,
D'avoir si bien chanté les Conquestes du ROY!
Que c'est à mon avis un noble & digne Employ,
De suivre ce HEROS de Victoire en Victoire.

Il est vray que quiconque entreprend son Histoire,
Pour ses Faits inoüis trouvera peu de Foy,
Mais comme à tout le Monde il donne de l'effroy,
Son Grand Nom d'âge en âge entendra sa mémoire.

LOUIS est à nos yeux un Monarque achevé,
Le Stile de VERTRON est un Stile élevé,
Qui marche sur les pas de ce Prince intrépide.

Tous deux differemment se rendront Immortels,
LOUIS en surpassant tous les Travaux d'..... Alcide,
VERTRON au GRAND LOUIS élevant des ..... Autels.

M. D. L. G.

TOUT le Monde sçait que la Ville de Caën qui abonde en beaux Esprits, à élevé une Statuë au Roy le jour de sa naissance; mais comme tout le Monde n'a pas vû les Pieces qui ont esté faites à la Gloire de Sa Majesté, il est bon d'avertir le Public, qu'elles sont imprimées par Jean Cavelier Imprimeur de la méme Ville. Parmi les Inscriptions, en voicy une de l'Illustre Monsieur de Segrais, laquelle mérite d'estre mise dans le Paralelle Poëtique, & qui a esté envoyée à Monsieur de VERTRON Historiographe du Roy, de l'Academie Royale d'Arles.

A CETTE *Auguste Majesté,*
A cette Heroique fierté,
Reconnoißez Races Futures,
LOUIS *Roy juste, & Conquerant:*
L'Histoire vous dira par quelles Avantures,
Il mérita le Nom de GRAND.

FIN.

ERRATA.

Page 33. Vers dernier, vos, lisez vous.
Page 91. Vers 13. openato, lisez operato.
Page 93. Vers 2. senra, lisez senza.
Page 95. Vers 7. au lieu de senra, lisez encore, senza.

Au Livre dédié à Monseigneur le DAUPHIN.

Page 4. Vers 2. ces, lisez ses.
Page 6. Vers 3. ces, lisez ses.
Page 8. Vers 7. ces, lisez ses.

Dans l'Epistre dédicatoire de Monseigneur LE DUC DE SAINT AIGNAN.

Page 13. ligne 2. du bonheur, lisez leur bonheur.
En la méme Page ligne 5. aprés sa Gloire mettez un point-virgule.

Au Recueil des Sonnets en bouts rimez.

Page 3. dans le Mot de la Devise de Cyrus, au lieu de qui, lisez cui.
Page 6. à la fin du Sonnet, mettez un point aprés Anacreon.
Page 24. Vers 13. & & Prose, lisez & Prose.
Page 28. Vers 2 ostez l'Apostrophe qui est à sçut.
Page 35. Vers 11. Ame adroite, lisez Ame droite.

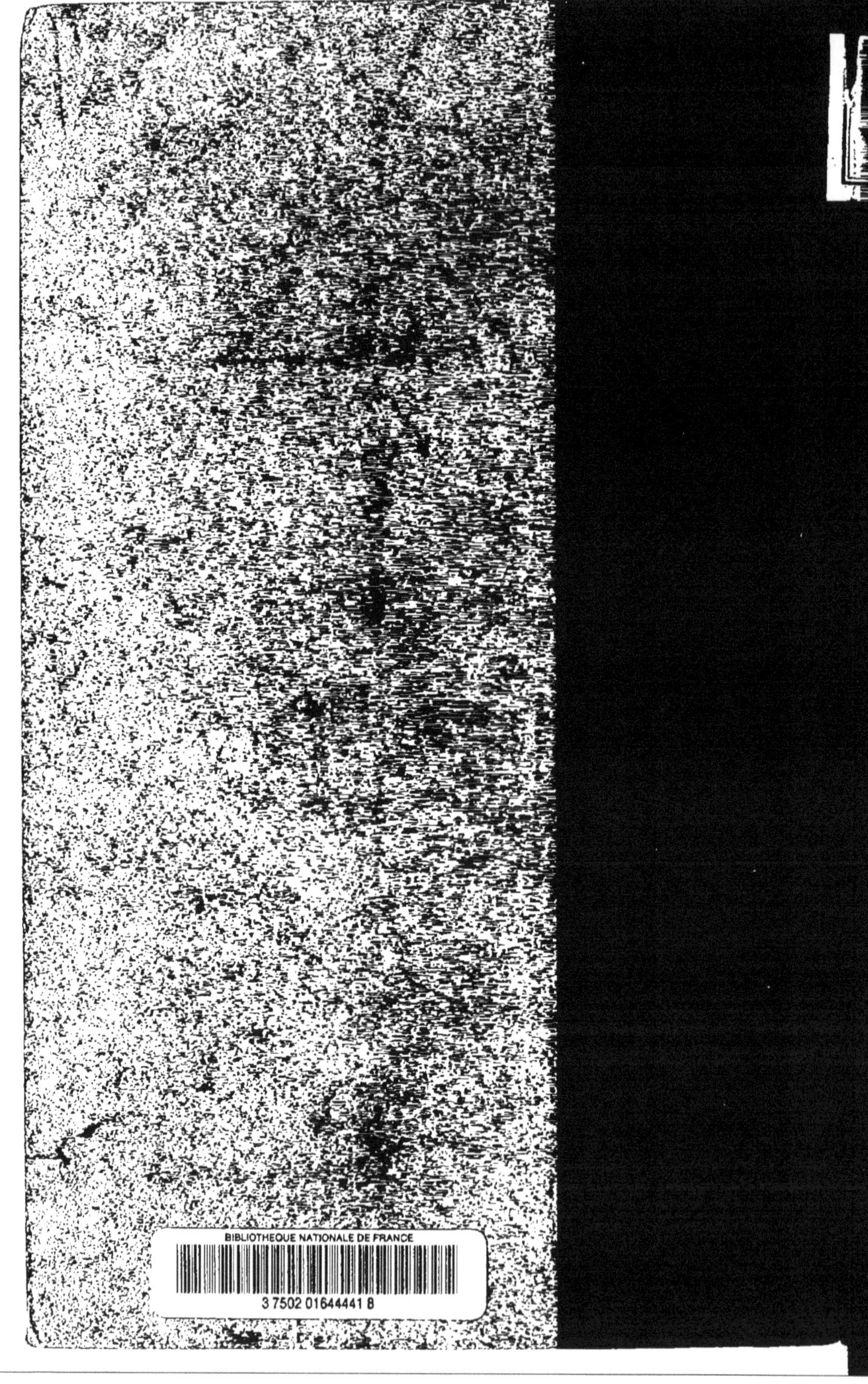

www.ingramcontent.com/pod-product-compliance
Ingram Content Group UK Ltd.
Pitfield, Milton Keynes, MK11 3LW, UK
UKHW020211200726
13856UKWH00004B/1325